**Deutsch**

Leonhard Thoma

# Der Salto
# und andere Geschichten

LEKTÜRE FÜR JUGENDLICHE
MIT AUDIOS ONLINE

Hueber Verlag

Für Anregungen und Feedback können Sie dem Autor Leonhard Thoma schreiben:
leo.thoma66@gmail.com

Umschlagfoto: © Getty Images/OJO Images/Chris Ryan
Zeichnungen: Cornelia Seelmann, Berlin

Einen kostenlosen MP3-Download zu diesem Titel finden Sie unter
www.hueber.de/audioservice.
© 2019 Hueber Verlag GmbH & Co. KG, München, Deutschland
Alle Rechte vorbehalten.
Sprecher: Leonhard Thoma
Hörproduktion: Tonstudio Langer, 85375 Neufahrn bei Freising, Deutschland

| 3. | 2. | 1. | | Die letzten Ziffern |
| 2023 | 22 | 21 | 20 | 19 | bezeichnen Zahl und Jahr des Druckes. |

Alle Drucke dieser Auflage können, da unverändert,
nebeneinander benutzt werden.
1. Auflage
© 2019 Hueber Verlag GmbH & Co. KG, München, Deutschland
Umschlaggestaltung: Sieveking · Agentur für Kommunikation, München
Layout und Satz: Sieveking · Agentur für Kommunikation, München
Redaktion und Projektleitung: Katrin Dorhmi, Hueber Verlag, München
Lektorat: Veronika Kirschstein, Lektorat und Projektmanagement, Gondelsheim
Druck und Bindung: Passavia Druckservice GmbH & Co. KG, Passau
Printed in Germany
ISBN 978–3–19–158580–8

Art. 530_26035_001_01

# Inhalt

Legende:

⬭ Schreib und lies dann den Text vor.

⬭ Arbeitet zu zweit und spielt das Gespräch vor.

⬭ Geht ins Internet und recherchiert.

((•)) Das Hörbuch zur Lektüre und die Tracks zu den Übungen stehen als kostenloser MP3-Download bereit unter: www.hueber.de/audioservice.

# Unsere Landkarte: 10 Geschichten, 10 Städte

Jede Geschichte spielt in einer anderen Stadt.
Ergänze nach dem Lesen
- die Nummer der Geschichte,
- den Namen der Stadt.

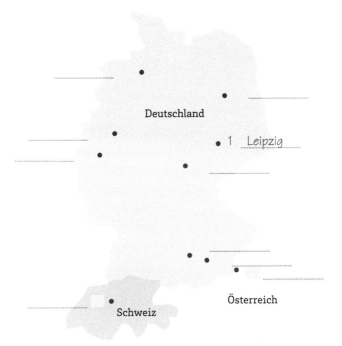

die Tür

der Verband

das Skateboard

Jim sieht traurig auf die Uhr im Wohnzimmer. Es ist Samstag, zwanzig nach drei. In zehn Minuten geht es los. Das Top-Spiel in der Fußball-Bundesliga: RB Leipzig gegen Bayern München. Mit 42 000 Fans hier im Leipziger Stadion. Auch Mats und Nora sind dabei. Aber leider ohne Jim!

Vorsichtig legt Jim sein Bein mit dem dicken Verband auf das Sofa. Er hat Schmerzen. Aber nicht nur das Bein tut weh ... So ein Pech!

Am Montag war die Welt noch in Ordnung. Und wie! Mats hatte in der Pause die große Überraschung: „Hey, mein Vater hat Tickets für uns: Leipzig gegen Bayern. Freikarten von seiner Firma. Wir schauen das Spiel an, wir drei zusammen!"

Und dann am Dienstag der Unfall: Jim fährt mit dem Skateboard nach Hause.

die Bundesliga: dort spielen die besten Fußballclubs in Deutschland

6

Er fährt zu schnell, plötzlich liegt er auf der Straße. Alles tut weh, vor allem das linke Bein.

„Du hast Glück gehabt", hat die Ärztin gesagt, „wir brauchen keine Operation. Aber du bekommst einen dicken Verband und du musst eine Woche ruhig zu Hause bleiben." Oje!

Bis gestern hat Jim noch gehofft. Er kann schon wieder ein bisschen laufen. Sein Plan war: mit dem Bus zum Stadion fahren und dann ...

„Du spinnst!", hat seine Mutter sofort geantwortet. „Das geht nicht. Du bleibst natürlich zu Hause."

„Wie schade", hat Mats am Telefon gesagt. „Dann frage ich meinen Bruder. Vielleicht kommt er mit."

Ja, wirklich schade, denkt Jim. Er kann das Spiel auch nicht im Fernsehen sehen. Live kommt es nur auf „Soccer24". Dieses blöde Pay-TV!

Außerdem ist er ganz allein zu Hause. Seine Eltern besuchen heute Nachmittag Oma Lotte.

Was kann er jetzt tun? Das Spiel im Radio hören? Nein, das macht keinen Spaß. Lesen? Nö, auch keine Lust.

„Ding dong!" In diesem Moment klingelt es an der Tür. Wer kann das sein? Er geht langsam in den Flur und macht die Tür auf. „Mats? Nora? Aber ..."

„Hallo Jim! Los! Hopp, hopp! Das Spiel beginnt gleich ..." Jim versteht nur Bahnhof.

„Aber ihr wisst doch, ich kann nicht mitkommen. Das geht nicht."

---

plötzlich:          nö: nein          nur Bahnhof
sehr schnell                          verstehen: nichts
                                      verstehen

„Schon klar!", lacht Nora. „Wir wollen auch nicht ins Stadion. Wir gehen nur eine Straße weiter. Zwei Minuten von hier. Dort wohnt Filip, mein Cousin. Er hat ‚Soccer24'. Wir sind herzlich eingeladen. Komm, Jim, wir helfen dir."

„Aber die Tickets! Ihr habt doch schon die Karten."

Mats sagt fröhlich: „Die hat jetzt mein Bruder. Er findet das super. Er hat auch zwei gute Freunde …"

Nora legt ihren Arm um Jim.

„Hey, Jim, wir haben doch gesagt: Wir schauen das Spiel an, wir drei zusammen. Also los, gehen wir!"

## Und jetzt du!

1. Schreibt das Gespräch weiter.

   Die drei wollen zu Filip gehen. Jim ruft seine Mutter an und informiert sie. Aber sie sagt:

   - ■ Jim, du musst zu Hause bleiben!
   - ▲ Aber Mama, wir gehen doch nicht ins Stadion. Wir wollen nur zu Filip …
   - ▲ Ja, schon, aber …

2. Schreib fünf Sätze.

   Was ist für dich eine gute Freundin / ein guter Freund? Wie ist sie / er? Was macht ihr zusammen?

   Eine gute Freundin / ein guter Freund hat Zeit für mich. Sie / er kann zuhören. Sie / er ist … Wir …

3. Recherche: Das gibt's wirklich!
   Sucht Informationen und berichtet.

   Leipzig ● RB Leipzig ● Bayern München

---

fröhlich: froh, glücklich

01 )))

**1. Wer sagt was? Lies oder hör die Geschichte und verbinde.**

a  Mats' Vater      1  Du gehst nicht ins Stadion.

b  Jim      2  Ich gebe sie meinem Bruder.

c  Jims Mutter      3  Ich habe „SoccerTV".

d  die Ärztin      4  Gehen wir zu meinem Cousin!

e  Mats      5  Ich habe Tickets für euch.

f  Nora      6  Ich mache einen Verband.

g  Filip      7  Ich kann den Bus nehmen.

**2. Was passt? Ergänze in der richtigen Form.**

können • müssen • wollen

a  Jim _____ das Spiel im Stadion sehen.

b  Aber er _____ nicht.

c  Er hatte einen Unfall und _____ zu Hause bleiben.

d  Jim _____ das Spiel im Radio hören.

e  Aber er _____ nicht. Das macht keinen Spaß!

f  Nora und Mats _____ Jim abholen.

g  Bei Filip _____ auch Jim das Spiel sehen.

**3. Ist das Verb trennbar oder nicht? Ordne zu und ergänze.**
**Tipp: Alle Verben stehen im Text**

be- • ein- • ver- • ~~mit~~- • an-

a  _mit_ machen      d  _____ ginnen

b  _____ stehen      e  _____ laden

c  _____ schauen

trennbar: _mitmachen_, _____

nicht trennbar: _____

die Bank

der Goldfisch

Lea ist sauer! Sie möchte so gern einen Hund, aber
ihre Eltern sind dagegen. Heute Morgen hat sie wieder
einmal gefragt. Bald ist Weihnachten! Lea darf sich etwas
wünschen. Sie hat so sehr gehofft … Aber nein, keine
Chance.

„Das geht leider nicht, mein Liebling", hat ihre Mutter wie
immer gesagt, „das weißt du."

Traurig ist Lea aus dem Haus gelaufen, über die Straße
und in den Park. Die „Hasenheide". Sie liebt diesen
Park – auch im Winter. Ihr Lieblingsplatz ist die Bank
am See. Von dort kann sie alles sehen: die Sportler, die
Spaziergänger, die Tiere.

So viele Leute in Berlin haben einen Hund. Nur Lea
bekommt keinen!

„Wir haben einfach keinen Platz für einen Hund, unsere
Wohnung ist viel zu klein", sagen ihre Eltern immer.

---

dagegen: nicht einverstanden     keine Chance: es geht nicht

Na ja, das stimmt schon. Lea kann das auch ein bisschen verstehen.

„Vielleicht ein anderes Haustier?", hat ihr Vater gefragt. „Ein Goldfisch zum Beispiel?"

Aber Lea will keinen Goldfisch! Der schwimmt und glotzt und schwimmt und glotzt. Mehr nicht. Sie will einen Hund! Ein Hund ist wie ein Freund.

„Nein, danke", hat Lea gesagt und ist schnell in den Park gelaufen.

Lea sitzt jetzt auf ihrer Bank am See. Eine alte Dame mit Hund kommt und setzt sich neben sie. Der Hund bellt. Er will keine Pause machen, er will weiterlaufen. Lea kennt die Dame: Frau Spitz, die neue Nachbarin. Sie wohnt seit einer Woche in Leas Haus.

„Guten Tag, Frau Spitz. Ist das Ihr Hund? Der ist ja hübsch. Wie heißt er denn?"

„Das ist Pink", antwortet Frau Spitz, „mein kleiner Liebling. Mit ihm bin ich nicht so allein. Aber ich glaube, er ist nicht glücklich mit mir. Er ist noch sehr jung und will immer in den Park gehen und laufen und spielen. So oft kann ich das nicht. Vielleicht bin ich einfach schon zu alt für einen Hund."

„Moment mal, Frau Spitz", sagt Lea, „ich habe eine Idee. Eine gute Lösung für alle: für Sie, für mich und auch für meine Eltern …"

Eine halbe Stunde später kommt Lea fröhlich nach Hause. Pünktlich zum Mittagessen.

---

glotzen: (dumm) schauen

sich setzen: Platz nehmen

bellen: „Wau, wau!", das machen Hunde

die Nachbarin: sie wohnt neben / über / unter dir

„Hallo", sagt ihre Mutter überrascht „da bist du ja wieder. Alles wieder gut?"

„Ja, Mama, alles wunderbar. Also, ich bin einverstanden. Ihr müsst mir keinen Hund schenken."

„Prima", sagt ihr Vater, „also doch einen Goldfisch zu Weihnachten?"

„Nein, Papa, keinen Goldfisch." Lea lächelt. „Ich habe eine andere Lösung. Ohne Goldfisch."

## Und jetzt du!

1. **Schreib die Geschichte weiter.**

   Die Lösung: Lea erzählt ihren Eltern beim Mittagessen:

   Ich habe im Park Frau Spitz getroffen. Sie hat einen Hund.
   ...

2. **Macht ein Interview mit Frau Spitz oder mit Pink oder mit dem Goldfisch. Sammelt zuerst Fragen.**

   - Hallo Pink, wie alt bist du?     ▲ Ich bin ein Jahr alt.
   - Was sind deine Hobbys?            ▲ Ich gehe gern ...
   - _____            ▲ _____

   oder so:

   - Guten Tag, Frau Spitz, wie geht es Ihnen?
   ▲ Gut, aber heute bin ich sehr müde. ...

3. Recherche: Das gibt's wirklich!
   Sucht Informationen und berichtet.

   Berlin • Hasenheide

---

lächeln: leise lachen

02 ◉))  1. **Was ist richtig? Lies oder hör die Geschichte und kreuze an.**

    a  Lea hat bald Geburtstag. ○

    b  Lea sieht im Park viele Leute mit Hunden. ○

    c  Lea kennt Frau Spitz nicht. ○

    d  Pink ist sehr unruhig. ○

    e  Der Hund gefällt Lea. ○

    f  Pink ist schon sehr alt. ○

    g  Leas Idee ist gut für alle. ○

    h  Lea möchte jetzt einen Goldfisch haben. ○

2. **Was passt? Ergänze das Gegenteil.**
   **Tipp: Die Wörter stehen im Text.**

    a  jung   ↔ _____    e  langsam ↔ _____

    b  groß   ↔ _____    f  hässlich ↔ _____

    c  zu spät ↔ _____    g  furchtbar ↔ _____

    d  schlecht ↔ _____    h  traurig   ↔ _____

3. **Wer kann was sehr gut? Ordne zu.**

    sprechen • glotzen • spielen • schwimmen •
    lächeln • bellen

    a  Frau Spitz: _____

    b  Pink: _____

    c  der Goldfisch: _____

4. **Was passt zusammen? Verbinde.**

    a  Das stimmt schon!     1  Okay!

    b  Keine Chance!         2  Das ist richtig!

    c  Prima!                 3  Sehr gut!

    d  Einverstanden!       4  Das geht nicht!

## Geschichte 3: Der Klassensprecher

die Durchsage

die Zeichnung     das Smartphone

„Ding dong! Ding dong!" Es ist Viertel vor eins, der Unterricht ist zu Ende. Endlich kann Paula nach Hause fahren. Sie will gleich weitermalen. Sie malt und zeichnet gerade in jeder freien Minute. Sie muss üben. Die Stadt München organisiert einen Kunst-Wettbewerb. Jede Schule kann zwei Schüler schicken. Paula möchte so gerne für ihre Schule, das Franz-Marc-Gymnasium, mitmachen. Aber sie ist unsicher. Vielleicht ist sie nicht gut genug.

Plötzlich kommt eine Durchsage: „Paula Becker, bitte sofort ins Büro von Frau Steiner!"
Wie bitte? Zur Direktorin? Gibt es ein Problem? Aber im Moment ist doch alles in Ordnung: Paula ist immer pünktlich, sie macht ihre Hausaufgaben und ihre Noten sind okay.
„Achtung, Achtung: Paula Becker sofort zu Frau Steiner!"
Ich komme ja schon, denkt Paula genervt, und geht langsam zur Direktorin.

---

plötzlich: sehr schnell

das Büro: dort arbeitet die Direktorin

14

Was hat sie falsch gemacht? Oje, hat dieser Anton …?

Oh nein, so ein Idiot! Diese blöde Geschichte von gestern …

Also, gestern in Biologie: Na ja, es ist langweilig und Paula hat wie immer Lust zu malen. Sie hat Stifte, aber kein Papier. Deshalb malt sie direkt auf den Tisch: ein Bild von ihrem Biologielehrer, Herrn Liebig. Ein sehr lustiges Bild. In der Pause will sie den Tisch natürlich sauber machen. Plötzlich steht Anton neben ihr. Dieser furchtbare Anton! Paula findet ihn total unsympathisch. Er ist ein richtiger Streber. Und er ist der Klassensprecher. Aber Paula spricht nie mit ihm.

Anton steht also neben ihr, mit seinem Smartphone in der Hand. „Moment mal", sagt er und macht ganz schnell ein Foto von Herrn Liebigs Bild.

„Hey, was machst du da? Spinnst du?" Paula ist echt sauer. Aber Anton lacht nur doof und geht.

Paula steht jetzt vor dem Büro von Frau Steiner.

Klar, denkt Paula, Anton hat das Foto sofort der Direktorin gezeigt: Sehen Sie! Paula macht Tische kaputt, Paula macht böse Witze über nette Lehrer!

Frau Steiner findet das sicher gar nicht lustig. Kurz: Paula hat ein großes Problem. Und den Wettbewerb kann sie jetzt sicher auch vergessen. Paula klopft.

„Herein!" Frau Steiner sitzt an ihrem Schreibtisch, neben ihr ist Herr Macke, der Kunstlehrer. Frau Steiner hat Paulas Zeichnung in der Hand.

„Na, Paula, weißt du, warum du hier bist?", fragt sie.

„Ja", sagt Paula leise, „Anton … das Foto … also … Entschuldigung … ich …"

---

| der Streber (negativ): lernt viel und hat super Noten | der Klassen- sprecher: spricht für die ganze Klasse | der Witz: etwas Lustiges | klopfen: „Tock, tock" an der Tür, Antwort: Herein! |

Die Direktorin sieht zu Herrn Macke. Die zwei lächeln.

Herr Macke sagt: „Anton hat uns noch mehr Fotos von deinen Bildern gezeigt."

„Was?", ruft Paula. „Aber das ist nicht okay. Das kann er nicht machen!"

„Ganz ruhig, Paula", sagt Frau Steiner und zeigt auf das Bild. „Also, wir finden deine Zeichnungen wirklich toll. Du hast großes Talent."

Wie bitte, denkt Paula, was ist denn jetzt los?

„Anton hatte auch eine Idee …", sagt Herr Macke.

„Eine Idee?", fragt Paula unsicher.

„Es gibt doch bald diesen Kunst-Wettbewerb. Wir haben noch keine Schüler für unser Gymnasium. Anton hat gesagt, du bist sicher die Beste. Aber du hast vielleicht Angst und deshalb zeigst du uns deine Bilder nicht. Also hat er das für dich gemacht."

Frau Steiner legt ihre Hand auf Paulas Arm. „Also, wir finden die Idee von Anton sehr gut. Und was sagst du?"

## Und jetzt du!

**1.** Schreibt das Gespräch weiter.

Am nächsten Morgen geht Paula in der Schule sofort zu Anton:

- ■ Hi, Anton, ich muss mit dir sprechen. Entschuldigung, ich …
- ▲ Schon gut, …

**2.** Recherche: Das gibt's wirklich!

Sucht Informationen und berichtet.

München ● Franz Marc

---

lächeln: leise lachen    rufen: laut sprechen    Talent haben: etwas sehr gut können

03 ))) 1. **Was ist richtig? Lies oder hör die Geschichte und kreuze an.**

    a  Paula hat bis 12 Uhr 45 Unterricht. ◯

    b  Am Nachmittag möchte Paula malen. ◯

    c  Paula hat viele Probleme in der Schule. ◯

    d  Paula findet Biologie interessant. ◯

    e  Paula mag Anton nicht. ◯

    f  Anton fotografiert Paula. ◯

    g  Herr Macke findet Paulas Bilder nicht gut. ◯

    h  Frau Steiner will Paula zum Wettbewerb ◯
       anmelden.

2. **Welche Wörter passen zum Thema Schule? Such Wörter in der Geschichte. Kennst du noch weitere Wörter? Ergänze mit Artikel.**

die Durchsage

in der Schule

3. **Paulas Steckbrief. Lies und schreib dann deinen eigenen Steckbrief.**

Paula Becker, 15

Franz-Marc-Gymnasium

Lieblingsfach: Kunst

Lieblingskünstler: Picasso

Lieblingsfarbe: blau

Hobby: malen

Lieblings_____ :

## Geschichte 4: Familienabend

Ein warmer Frühlingstag in Dortmund. Familie Schnupp sitzt in der Küche beim Abendessen: Pia und Florian mit ihren Eltern Ute und Erwin.

„Machen wir heute Abend mal etwas alle zusammen?", fragt Ute. „Habt ihr Lust?"

Eine gute Idee, aber sofort ist klar: Die drei haben keine Lust und keine Zeit. Pia will mit ihrer Freundin Mia skypen, Florian möchte das neue Videospiel „Monster City" testen und Erwin muss natürlich Fußball sehen. Championsligue, ganz wichtig! Sein Lieblingsclub Borussia Dortmund spielt gegen den FC Barcelona.

„Schon gut", sagt Ute, „das war nur eine Frage."

Zehn Minuten später sitzen die drei schon an ihren Computern oder vor dem Fernseher.

Ute macht sich einen Tee und geht auf die Terrasse.

Ein wunderbarer Abend! Sie will ihr Buch weiterlesen: Kurzgeschichten von Peter Bichsel. Das macht Spaß! Sie liest und liest ... Langsam wird es Nacht.

Plötzlich stehen Pia, Florian und Erwin vor ihr. Alle drei sind total genervt.

„Oje, was ist denn mit euch los?", fragt Ute.

„Ich weiß nicht", sagt Pia, „plötzlich war Mia weg."

„Dortmund ist auch weg", sagt Erwin, „Tor und – zack! – alles schwarz. So ein Pech! Dortmund macht ein super Tor, und schon geht der Fernseher kaputt. Eine Katastrophe!"

„Quatsch, Papa", sagt Florian, „das ist nicht der Fernseher! Das ist der Strom. Ganz einfach: Der Strom ist weg."

| plötzlich: | weg: nicht | die Katastrophe: | der Strom: |
| sehr schnell | mehr da | sehr großes Problem | die Elektrizität |

„Weg? Und wann kommt er wieder?", fragt Erwin.

„Keine Ahnung", antwortet Florian.

„Oh nein, das kann nicht sein!", sagt Pia.

„Was ist los?", fragt Ute.

„Mein Handy geht auch nicht mehr! Der Akku ist leer!"

„Ganz ruhig, Pia", sagt Ute, „das ist doch kein Problem."

„Kein Problem? Und jetzt?", fragt Erwin.

„Warten und Tee trinken", antwortet Ute. „Erwin, holst du bitte drei Tassen aus der Küche?"

„Aber was machen wir denn jetzt?", fragt auch Pia.

„Keine Ahnung", sagt Ute, „ich habe ja mein Buch."

„Hier", sagt Florian, „ich gebe dir mein Handy."

„Aber ich will gar nicht telefonieren, ich möchte weiterlesen."

„Ich weiß", sagt Florian, „aber du brauchst bald Licht. Mein Handy hat eine gute Taschenlampe."

„Danke", sagt Ute, „das ist sehr nett von dir."

„Wie ist dein Buch?", fragt Erwin. Er gibt Pia und Florian eine Tasse Tee und macht eine Flasche Bier auf.

„Sehr gut. Die Geschichten sind wirklich sehr spannend."

„Echt? Lies mal laut", sagt Pia.

„Wollt ihr das wirklich hören?" Ute kann das nicht glauben. Aber alle möchten, auch Erwin. Also liest Ute eine Seite laut vor.

„Weiter, weiter", sagt Florian, „das ist ja echt klasse."

„Findest du?", Ute gibt ihm das Buch, „dann liest du jetzt eine Seite und danach Pia und Erwin. Okay?"

Alle finden das toll. Sie lesen die ganze Geschichte, dann noch eine und noch eine. Das macht richtig Spaß!

---

| | | | |
|---|---|---|---|
| der Akku: er gibt dem Handy Strom | leer: ↔ voll | spannend: sehr interessant | vorlesen: laut lesen für andere |

Sie sprechen auch über die Geschichten und suchen dann die beste Geschichte von heute Abend. Erst um zehn Uhr sagt Ute: „So, jetzt ist aber Schluss. Schnell ins Bett! Morgen ist Schule."

„Das war super", sagt Florian, „das müssen wir bald wieder machen!"

„Ja, klar", sagt Ute, „und was habe ich euch beim Abendessen gefragt?"

„Keine Ahnung", sagt Erwin. „Was denn?"

„Na, denkt mal nach", lächelt Ute, „und jetzt gute Nacht. Schlaft gut."

## Und jetzt du!

 1. **Schreib fünf Tipps.**

Lesen ist eine gute Idee. Was können die Schnupps noch machen? Gib der Familie Tipps.

Hey, ihr könnt ein Picknick machen. Oder geht ins Kino. …

 2. **Schreibt das Gespräch weiter.**

Die Familie liest gerade eine Geschichte. Plötzlich ist jemand an der Tür: Pia öffnet. Vor ihr steht … Wer ist das? Was passiert?

■ Hallo …

3. **Recherche: Das gibt's wirklich!**
**Sucht Informationen und berichtet.**

Dortmund • Borussia Dortmund • Peter Bichsel

nachdenken: länger denken     lächeln: leise lachen

04 1. **Was ist richtig? Lies oder hör die Geschichte und kreuze an.**

a  Erwin ist …
1  ○  Pias Vater.
2  ○  Utes Bruder.

d  Das Problem ist:
1  ○  Der Strom ist weg.
2  ○  Dortmund verliert.

b  Ute möchte heute …
1  ○  alleine sein.
2  ○  etwas mit der
       Familie machen.

e  Florian will mit seinem
    Handy …
1  ○  Licht machen.
2  ○  telefonieren.

c  Pia will …
1  ○  Mia treffen.
2  ○  mit Mia sprechen.

f  Die Familie liest …
1  ○  eine Geschichte.
2  ○  viele Geschichten.

2. **Was passt? Ordne zu.**

vor • in • über • auf • um • an

a  Familie Schnupp sitzt _____ der Küche.
b  Ute geht _____ die Terrasse.
c  Florian sitzt _____ seinem Computer.
d  Erwin sitzt _____ dem Fernseher.
e  Sie sprechen _____ die Geschichten.
f  Pia und Florian gehen _____ 22 Uhr ins Bett.

3. **Was passt zusammen? Verbinde.**

a  Hier ist dein Tee, Pia.
b  Erwin, bist du Barcelona-Fan?
c  Florian, möchtest du auch Tee?
d  Wann beginnt das Spiel, Ute?
e  Erwin möchte keinen Tee.
f  Dortmund verliert 1:2!

1  Kein Problem.
2  So ein Pech!
3  Keine Ahnung.
4  Danke.
5  Quatsch!
6  Ja, klar!

der Kühlschrank

das Sofa

der MP3-Player

der Fernseher

Ben kommt total kaputt nach Hause. Er ist allein. Zum Glück! Er möchte jetzt mit niemandem sprechen.

Sie hatten heute ein wichtiges Basketballspiel: seine Mozartschule gegen das Alpen-Gymnasium, das große Finale der Salzburger Schulen.

Sie haben verloren: 17 zu 29! Eine Katastrophe!

Sie haben verloren und sie haben auch nicht gut gespielt. Deshalb ist er jetzt so sauer.

Na ja, da ist noch etwas: Ben war auch kein guter Verlierer. Nach dem Spiel hat er niemandem die Hand gegeben. Das ist natürlich unsportlich. Außerdem hat er seine Mitspieler kritisiert. Besonders Paul.

„Hey, Paul, du hast keinen Punkt gemacht. Du hast nur Mist gespielt. Du Flasche!", hat er gesagt.

„Tut mir leid, aber ...", hat Paul leise geantwortet und ist schnell weggelaufen. Ben hat kurz gewartet, aber Paul ist nicht mehr zurückgekommen. Also ist Ben nach Hause gefahren.

| kaputt: | die Katastrophe: | kritisieren: | die Flasche: |
|---|---|---|---|
| sehr müde | sehr großes Problem | etwas Negatives sagen | schlechter Sportler |

Er geht mit seiner Sporttasche ins Wohnzimmer.

Na ja, das war nicht sehr fair, denkt Ben jetzt. Auch er war heute nicht gut. Aber muss Paul gleich nach Hause rennen wie ein kleines Kind?

Schon ist Ben auf dem Sofa. Er ist wirklich sehr müde.

Ach egal, denkt er, Paul ist jetzt zu Hause und alles ist wieder okay. Oder?

In diesem Moment hört er eine Stimme:

„Alles gut, Ben, mach eine Pause!"

Wie bitte? Wer spricht denn da? Ben ist doch ganz allein im Zimmer.

„Du bist müde, schlaf ein bisschen!"

Ben kann es nicht glauben.

Was ist das? Das Sofa kann sprechen! Ist das ein Traum? Aber nein, er träumt nicht.

Schon hört er eine andere Stimme, aus der Küche:

„Junge, trink zuerst etwas! Ich habe eine Cola für dich! Wunderbar kalt!"

Hilfe! Das muss der Kühlschrank sein. Auch der Kühlschrank kann sprechen!

„Oder sieh fern! Das liebst du doch, Ben. Nein, keinen Sport jetzt. Besser nicht. Aber einen guten Film, ‚Harry Potter' zum Beispiel."

Das sagt der Fernseher.

Das ist doch verrückt. Total verrückt!

„Fernsehen? So ein Quatsch! Hör lieber coole Musik! Mark Forster zum Beispiel", sagt jetzt sein MP3-Player.

Ich spinne, denkt Ben, ich muss spinnen! Aber eigentlich ein guter Plan: ein bisschen chillen, mit Cola und Musik; und später dann …

---

rennen: schnell laufen

„Stopp!", ruft jetzt eine neue Stimme. „Haltet mal alle die Klappe! Das ist ja alles schön und gut! Aber zuerst hat Ben noch eine Aufgabe. Und diese Aufgabe ist sehr wichtig."
Wie bitte? Wer spricht denn jetzt?
Die Stimme kommt aus der Sporttasche.
„Was denn?", brummt der Kühlschrank. „Was ist denn jetzt so wichtig?"
„Er weiß das schon", sagt die Stimme freundlich, „oder, Ben?"
„Ja, ja, ich weiß", sagt Ben, und holt das Handy aus der Tasche.

## Und jetzt du!

1. Schreibt das Gespräch weiter.

   Ben ruft Paul an: „Hi, Paul. Hier ist Ben. Also, ich ..."

2. Schreib die Geschichte weiter.

   Am Abend erzählt Paul seinen Eltern die Geschichte:
   Also, wir hatten heute dieses Spiel ...

3. Recherche: Das gibt's wirklich!
   Sucht Informationen und berichtet.

   Salzburg • Mozart • Mark Forster

---

rufen: laut sprechen   die Klappe halten: ruhig sein   brummen: etwas unfreundlich sagen

05 1. Welches Ding gibt welchen Tipp? Lies oder hör die Geschichte und verbinde. Achtung: Pro Ding gibt es nur einen Tipp.

Geh ins Bett! 1

Trink etwas! 2

a der MP3-Player
b der Kühlschrank
c das Sofa
d der Fernseher

Spiel Gitarre! 3

Geh in die Küche! 4

Mach Sport! 5

Hör Musik! 6

Sieh fern! 7

Schlaf ein bisschen! 8

2. Hast du noch mehr Tipps für Ben? Schreib in dein Heft.

deine Socken waschen • ein Buch lesen • Spaghetti kochen • die Hausaufgabe machen • E-Mails schreiben • Klavier üben • dein Zimmer aufräumen • …

*Hey, Ben, wasch deine Socken! Hey, Ben,…!*

3. Was passt zusammen? Verbinde und ergänze den richtigen Artikel.

a _____ Kühl               1 spieler
b _____ Wohn               2 seher
c _____ Basket             3 tasche
d _____ Sport              4 schrank
e _____ Fern               5 ball
f _____ Mit                6 zimmer

Sibel steht vor der Schule und sieht auf die Uhr. 7 Uhr 45. Wo sind die anderen? Und wo ist Noemi? Sibel braucht jetzt eine Freundin. Um acht Uhr haben sie wieder Englisch bei Herrn Brummer. Hilfe!
Sibel hat gestern Mist gemacht. Großen Mist!

„Puh, noch zwei Stunden Englisch", hat Jakob gestern in der Pause gesagt. „Keine Lust. Los, Sibel, gehen wir!"
„Gehen? Wohin denn?"
„Na, ins Café Mischmasch. Das ist direkt am Dom, nur fünf Minuten von hier. Das beste Eis in Köln. Komm, ich lade dich ein."
„Aber Jakob, wir haben nur zehn Minuten Pause …"
„Na und? Wir machen blau. Hey, Sibel, du kannst auch mal blaumachen."
Blaumachen? Sibel hat noch nie blaugemacht!

---

der Mischmasch: Mix

der Dom: große Kirche in einer Stadt

blaumachen: nicht in die Schule gehen

26

„Aber Jakob! Wir können doch nicht einfach …"
„Sibel, warum bist du so uncool? Wir finden schon eine Entschuldigung … "

Also hat Sibel mitgemacht. Sibels Plan: nur ein kleines Eis und dann schnell zurück in die Schule.
Guter Plan, aber … das Eis im Café Mischmasch ist wirklich lecker. Schokolade, Ananas, Mango. Hmm! Und nicht nur das Eis. Es gibt auch Toasts und Sandwiches, Smoothies und Milkshakes.
„Schau mal", hat Jakob gelacht, „hier kannst du auch Englisch üben. Komm! Wir setzen uns jetzt schön in die Sonne."
Das hat Spaß gemacht! Zu Hause isst Sibel morgens nur ein Brot mit Marmelade und trinkt eine Tasse Kakao. Sie frühstückt immer allein. Sie lebt bei ihrem Vater und der geht schon um sechs Uhr zur Arbeit.

Dann dieses Pech! Plötzlich ist ein Auto gekommen und in diesem Auto war: Frau Hackel, ihre Deutschlehrerin. Oh nein! Sie ist weitergefahren, aber sie hat Jakob und Sibel gesehen. Ganz sicher! Wie schrecklich! Frau Hackel ist ihre Klassenlehrerin. Sie kennt ihren Stundenplan genau: 10 Uhr 30 bis 12 Uhr Englisch bei Herrn Brummer. Sie informiert sofort ihren Kollegen. Ganz sicher!

Sibel sieht wieder auf die Uhr. Es ist kurz vor acht. Was ist hier los? Wo sind die anderen? Sie muss Noemi anrufen. Jetzt sofort.

---

| ganz: sehr | schrecklich: furchtbar | der Kollege: ein anderer Lehrer |

„Noemi?"

„Hallo, Sibel! Wo bist du?"

„Wo ich bin? Na, vor der Schule natürlich!"

„Vor der Schule? Aber Sibel, du weißt doch ..."

„Ich weiß gar nichts! Was ist hier los?"

„Mensch, Sibel. Wir haben heute die erste Stunde frei. Der Brummer kommt nicht. Der war doch gestern schon krank."

„Wie bitte? Der Brummer war krank?"

„Ja. Kopfschmerzen, hat die Sekretärin gesagt."

„Ach so", sagt Sibel. „jetzt verstehe ich ..."

„Sibel, ich komme gleich. Dann trinken wir noch einen schönen Tee vor der Mathestunde."

„Wunderbar, Noemi. Ich muss dir was Lustiges erzählen. Eine echt verrückte Geschichte ..."

## Und jetzt du!

 1. Schreib die Geschichte weiter.

Sibel sagt: Noemi, ich muss dir was Lustiges erzählen. Eine echt verrückte Geschichte: Gestern ...

 2. Macht Interviews zum Thema Frühstück. Sammelt zuerst Fragen.

Was frühstückst du?

Wann ...

Mit wem ...

Trinkst du ...?

....

3. Recherche: Das gibt's wirklich! Sucht Informationen und berichtet.

Köln • Kölner Dom • Smoothies

06 ⮞))  **1. Was ist gestern passiert? Lies oder hör die Geschichte und ordne die Sätze.**

a ① In der Pause hat Jakob diese verrückte Idee.

b ○ Plötzlich kommt ein Auto.

c ○ Aber dann gehen sie zusammen ins Café.

d ○ Später informiert sie sicher Herrn Brummer.

e ○ Dort sitzen sie in der Sonne.

f ○ Zuerst will Sibel nicht mitkommen.

g ○ Sicher sieht sie Sibel und Jakob.

h ○ Im Auto sitzt Frau Hackel.

**2. Es hat geregnet. Jetzt fehlen Buchstaben. Ergänze und finde das Lösungswort.**

Getränke

Milc___kaffee (8)

Kak___o (6)

Ora___gensaft (12)

Mineralwasse___ (10)

Mi___kshakes (2)

S___oothies (5)

Speisen

Käs___toast (9)

Schinkensandwi___h (7)

___ratwurst (1)

Schokoladenk___chen (4)

E___s (11): An___nas (3),

Mango

Lösung: ___ ___ ___ ___ ___ ___ ___ ___ ___ ___ ___ ___
        1  2  3  4  5  6  7  8  9 10 11 12

**3. Ergänze. Tipp: Du findest alle Wörter im Text.**

a die Übung      üben

b das Getränk

c die Einladung

d das Frühstück

e der Anruf

f die _____      helfen

g der _____      planen

h die _____      arbeiten

## Geschichte 7: Die neuen Nachbarn

Wie doof, denkt Martin, es ist Samstagnachmittag, schönes Wetter und was mache ich? Ich sitze an meinem Schreibtisch und glotze aus dem Fenster.
Diese blöde Englisch-Hausaufgabe! Zwei Seiten über das Thema „An interesting new hobby".
Was hat der Lehrer gesagt? „Bitte nichts über Fußball, Popmusik und Videospiele. Das kennen wir schon, das ist langweilig. Etwas Neues, bitte! Ein besonderes Hobby, das ihr gerne mal ausprobieren möchtet."
Was kann Martin schreiben? Basteln gefällt ihm, er liebt sein Fahrrad, er mag Tischtennis …
Ach ja, Tischtennis! Das möchte er jetzt gerne spielen. Aber das geht ja nicht! Er muss diese Hausaufgabe machen und … er hat auch keinen Mitspieler. Er hat hier im Haus keine Freunde. Es gibt nur Familien mit Kleinkindern. Keine Jugendlichen. Wirklich schade!
Na ja, letzte Woche sind neue Nachbarn gekommen. Eine Familie aus einem anderen Land, von einem anderen Kontinent. Afrika oder Amerika. Es gibt ein Mädchen und einen Jungen in Martins Alter. Aber er hat noch nicht mit ihnen gesprochen. Sicher sind die zwei keine Bastel-Fans und Tischtennis kennen sie vielleicht gar nicht.

In diesem Moment kommt seine Mutter vom Einkaufen. „Hallo Martin. Gute Nachrichten, heute Abend gibt es Pfannkuchen." Sie lächelt. „Aber zuerst habe ich noch eine Aufgabe für dich."
„Eine Aufgabe? Was denn?", fragt Martin vorsichtig.

| glotzen: (dumm) schauen | ausprobieren: testen | lächeln: leise lachen |
|---|---|---|

„Ich habe gerade vor dem Haus unsere neuen Nachbarn getroffen. Die Bakers. Eine sehr nette Familie. Sie kommen aus den USA und sind seit drei Monaten in Weimar. Deshalb haben die Tochter und der Sohn noch Probleme in der Schule. Vor allem mit Deutsch. Gehst du mal runter und sprichst mit ihnen? Sicher kannst du ihnen helfen."

„Aber ich kenne sie doch gar nicht."

„Na und? Das ist doch egal. Los, geh schon."

„Aber Mama, ich kann das nicht. Und außerdem, meine Hausaufgabe, dieses blöde Hobby …"

Sie legt ihre Hand auf seinen Arm.

„Doch, Martin, das kannst du! So übst du auch Englisch, das ist doch toll. Komm schon! Ich habe Jenny und Marc von dir erzählt, sie warten auf dich."

Oh Mann, auch das noch!, denkt Martin genervt und steht langsam auf.

„Na also", lacht seine Mutter, „und lade die zwei zum Abendessen ein. Es gibt Pfannkuchen für alle."

Zwei Stunden später kommt Martin zurück. Seine Mutter sitzt auf dem Balkon und trinkt Kaffee.

„Na, Martin, war es wirklich so furchtbar?"

„Nein, Mama, es war echt super. Jenny und Marc hatten viele Fragen, aber das war nicht schwer für mich. Ich habe ihnen einige Sachen erklärt. Dann haben wir auch Englisch gesprochen, das hat richtig Spaß gemacht."

Martin lächelt. „Ich habe ihnen auch von Goethe erzählt."

„Echt?", lacht seine Mutter. „Das ist ja unglaublich!"

„Das war echt eine gute Idee, Mama."

„Na siehst du! Und? Kommen sie zum Essen?"

---

der Balkon: gehört zur
Wohnung, ist aber draußen

unglaublich: man kann
das nicht glauben

„Ja, klar. Aber vor den Pfannkuchen gehen wir noch
zusammen in den Park und spielen Tischtennis. Jenny
und Marc holen mich in zehn Minuten ab."
„Ein guter Plan! Und deine Hausaufgabe?"
„Ich habe jetzt eine super Idee", sagt Martin fröhlich.
„Marc hat in Amerika Baseball gespielt und er hat auch
hier in Weimar ein Team gefunden. Er will mich morgen
zu einem Spiel mitnehmen. Das finde ich echt klasse und
so habe ich auch ein tolles Thema für die Hausaufgabe."

## Und jetzt du!

 1. **Schreibt das Gespräch weiter.**

Martin besucht Jenny und Marc:

▲ Hallo, ich bin Martin. Wir sind Nachbarn. Ihr habt gerade
   mit meiner Mutter gesprochen.
■ Hi, Martin, ich heiße Jenny und das ist Marc. Du, wir
   haben so viele Fragen. Wo …

 2. **Schreib über deine Hobbys.**

Martin spielt gerne Tischtennis. Er liebt sein Fahrrad.
Basteln gefällt ihm. Bald ist er ein Baseball-Fan.
Und du? Was machst du gerne? Was gefällt dir?

Ich … gern …
Ich liebe …
… interessiert mich / gefällt mir.
Ich bin ein …-Fan.

3. **Recherche: Das gibt's wirklich!**
   **Sucht Informationen und berichtet.**

Weimar • Goethe • Pfannkuchen

fröhlich: froh, glücklich

07 ((•))

**1.** Was ist richtig? Lies oder hör die Geschichte und kreuze an.

1. Warum ist Martin nicht zufrieden?
a ○ Das Wetter ist schlecht.
b ○ Seine Eltern nerven.
c ○ Er muss etwas für die Schule machen.

2. Thema der Hausaufgabe ist:
a ○ Mein Wochenende
b ○ Eine neue Aktivität
c ○ Popmusik

3. Was möchte Martin jetzt gerne spielen?
a ○ Videospiele
b ○ Tischtennis
c ○ Fußball

4. Im Haus wohnen viele …
a ○ kleine Kinder
b ○ alte Leute
c ○ Freunde.

5. Was will seine Mutter? Martin muss …
a ○ zu Hause Englisch lernen.
b ○ einkaufen
c ○ die Nachbarn besuchen.

**2.** Aktivitäten am Wochenende. Lies den Text und verbinde.

| | | | |
|---|---|---|---|
| a | Freunde | 1 | spielen |
| b | Popmusik | 2 | fahren |
| c | dem Nachbarn | 3 | hören |
| d | Englisch | 4 | glotzen |
| e | Baseball | 5 | basteln |
| f | aus dem Fenster | 6 | einladen |
| g | ein Modellschiff | 7 | üben |
| h | Fahrrad | 8 | helfen |

Filipa hat eine Idee. Sie möchte heute ein Experiment machen.

Am Morgen ist alles wie immer. Wie an jedem Samstag holt sie um halb neun Brötchen in der Bäckerei, dann frühstückt sie mit den Eltern und ihrem Bruder Jonas. Sie sprechen über ihre Pläne für heute: Ihre Eltern wollen vormittags im Internet ein Hotel für die Sommerferien und Flugtickets suchen und danach zum Shopping-Center fahren. Jonas möchte ein neues Videospiel testen und später mit Freunden einen Film sehen. Und was macht Filipa?

Tja, das ist eine gute Frage. Das weiß sie noch nicht genau. Sie fährt mit dem Rad zum Sportplatz. Sie hat Glück. Fünf Jugendliche spielen gerade Volleyball.

„Kann ich mitmachen?", fragt Filipa.

„Klar", ruft ein Mädchen, „du bist bei mir und Ibrahim. Dann sind wir drei gegen drei."

Es macht echt Spaß! Es ist ein spannendes Spiel und sie sind ein super Team: Emine, Ibrahim und Filipa. Sie spielen bis zwei Uhr. Müde, aber glücklich fährt Filipa nach Hause. Es ist niemand da. Macht nichts. Sie duscht, geht in die Küche und isst etwas.

Was jetzt? Einen Spaziergang im Bremer Stadtzentrum? Ja, warum nicht? Sie geht zur Haltestelle. Wann kommt der Bus? Keine Ahnung! Sie fragt eine ältere Dame mit einer großen Tasche. Sie reden ein bisschen, auch später im Bus. Die Dame möchte ihren Bruder im Josef-Krankenhaus besuchen. Aber sie weiß nicht genau, wo das ist.

| das Experiment: wenn man etwas Neues probiert | rufen: laut sprechen | spannend: interessant, nicht langweilig | macht nichts: kein Problem |
|---|---|---|---|

„Kein Problem", sagt Filipa freundlich, „ich komme kurz mit. Ich kann auch Ihre Tasche nehmen. Ich habe Zeit."
„Wirklich? Ein junger Mensch mit Zeit. Das ist ja wunderbar!"
Die Dame ist sehr froh. Vor dem Krankenhaus bedankt sie sich herzlich und gibt Filipa ein Zwei-Euro-Stück. „Für ein Eis oder eine Cola. Und nochmal vielen Dank!"

Wie nett, denkt Filipa, und was jetzt? Sie geht einfach mal in die Fußgängerzone. Dort gibt es immer interessante Straßenkünstler. Auch heute: Filipa sieht einen Gitarrenspieler, zwei Statuen … dann entdeckt Filipa eine tolle Pantomimin! Sie spielt die Geschichte von den „Bremer Stadtmusikanten". Fantastisch! Filipa bleibt lange stehen. Nach der Show sammelt die Künstlerin Geld mit ihrem Hut. Filipa gibt ihr das Zwei-Euro-Stück.
Die Cola ist für dich, denkt Filipa, und geht fröhlich weiter. Dann hört sie eine Stimme: „Hey Filipa, du schon wieder! Das ist ja schön!"
Wie bitte? Wer ist denn das? Ach, Emine und Ibrahim!
„Hallo ihr zwei", sagt Filipa, „habt ihr auch die Pantomimin gesehen? Die war doch super, oder?"
„Ja, echt klasse", sagt Ibrahim, „wir wollten zuerst ins Kino, aber dann sind wir hier geblieben. Das war superlustig!"
„Wir gehen jetzt noch zum Kajenmarkt. Da ist heute Flohmarkt", sagt Emine, „Ibra sucht ein Fahrrad und ich will nach Klamotten schauen. Hast du Lust?"

Zwei Stunden später kommt Filipa nach Hause. Ihr Bruder sitzt vor dem Fernseher, ihre Eltern am Computer.

---

| sich bedanken: | die Pantomimin: | fröhlich: froh, | die Klamotten: |
|---|---|---|---|
| Danke sagen | Schauspielerin ohne Sprache | glücklich | Kleidung (Hose, Jacke, Pulli …) |

Filipa sagt leise „Hallo" und geht in ihr Zimmer.

Echt ein toller Tag, denkt sie, mit so vielen schönen Momenten! Ihr Experiment war eine gute Idee: ein Wochenende ohne Handy und Tablet, total offline. Bis jetzt hat es richtig Spaß gemacht. Und morgen geht es weiter: um drei Uhr Kino mit Emine und Ibrahim. Filipa hofft, die zwei kommen. Sie hat ja keine Handynummern.

## Und jetzt du!

 1. **Schreib fünf Sätze.**

Ein Samstag ohne Handy und Tablet: Was machst du an diesem Tag? Was passiert?

Zuerst ...

Dann ...

Später ...

 2. **Schreibt jeweils fünf Punkte.**

Ein Tag offline. Was findet ihr gut? Was findet ihr problematisch?

☺ Ich muss heute nicht ...          ☹ Ich kann heute nicht ...

☺ Ich kann ...                               ☹ Ich muss ...

☺ Ich habe Zeit für ...                ☹ ...

☺ ...                                                ☹ ...

☺ ...                                                ☹ ...

3. **Recherche: Das gibt's wirklich!**
   **Sucht Informationen und berichtet.**

   Bremen • Die Bremer Stadtmusikanten • Kajenmarkt

Lösung Quiz von Seite 46: 1 das Skateboard von Jim, 2 der Hund von Frau Spitz, 3 die Stifte von Paula, 5 der MP3-Player von Ben, 6 das Eis von Sibel, 7 der Tischtennisschläger von Martin, 8 der Volleyball von Emine und Ibrahim, 9 der Wecker von Ronja, 10 die Badehose von Martin

08 ))) **1.** Filipas Tag. Lies oder hör die Geschichte und ordne die Sätze.

a ① Filipa holt Brötchen.

b ◯ Sie kommt abends nach Hause.

c ◯ Sie trifft Emine und Ibrahim in der Stadt.

d ◯ Sie geht in die Fußgängerzone.

e ◯ Sie duscht und isst etwas zu Hause.

f ◯ Sie spricht mit einer Dame im Bus.

g ◯ Sie frühstückt mit ihrer Familie.

h ◯ Sie sieht eine tolle Pantomimin.

i ◯ Sie fährt zum Sportplatz und spielt Volleyball.

j ⑩ Echt ein toller Tag, denkt Filipa.

**2.** Was hat Filipa gestern gemacht? Erzähle Filipas Tag (von Übung 1). Schreib in dein Heft.

1 Filipa hat Brötchen geholt. 2 Sie hat …

**3.** Rätsel. Ergänze mit Artikel.
Tipp: Alle Wörter stehen im Text.

a Samstag und Sonntag: _das Wochenende_

b Geschäft für Brot und Kuchen: _____

c Fahrkarte für das Flugzeug: _____

d freie Zeit im Juli und August: _____

e Kaufhaus mit vielen Shops: _____

f Ort für Sport und Spiele: _____

g kleine Tour zu Fuß: _____

h dort stoppt der Bus: _____

i Ort für kranke Leute: _____

j Straße ohne Autos: _____

k Künstlerin ohne Sprache: _____

l Markt für alte Sachen: _____

# Geschichte 9: Ronja rennt

der Bahnhof

der Zug

Ronja rennt und rennt. Die nächste Straße links und dann geradeaus zum Bahnhof von Westheim. Endlich ist sie da! Sie läuft über den Platz, durch die Halle, direkt zum Gleis 1.

Aber was ist das? Kein Zug, keine Tante, kein Onkel. Sie sieht auf die Uhr. Acht nach neun. Oh nein! Sie ist zwei Minuten zu spät. Nur zwei Minuten! Der Zug ist schon abgefahren.

Ronja setzt sich auf eine Bank.

So ein Pech! Was denken jetzt Tante Olga und Onkel Hans? Natürlich denken sie, Ronja ist immer noch ein kleines Mädchen. Unpünktlich und chaotisch.

Wie blöd! Tante Olga und Onkel Hans haben sie heute zu einem Ausflug nach Augsburg eingeladen.

„Hast du Lust, mit uns am Samstag in die Stadt zu fahren?", hat Tante Olga am Mittwoch gefragt. „Wir möchten mit dir ins Theater gehen. In die „Puppenkiste."

---

rennen: schnell laufen

die Kiste: großer Würfel aus Holz, oben offen

Die „Augsburger Puppenkiste", das bekannte Marionettentheater!

„Wie schön", hat Ronja gesagt, „natürlich komme ich mit."

„Sie spielen „Momo". Wie findest du das?"

„Momo" ist Ronjas Lieblingsgeschichte. Sie hat das Buch schon vier- oder fünfmal gelesen.

„Das ist einfach wunderbar, eine tolle Überraschung! Vielen, vielen Dank!"

„Aber Achtung", hat Onkel Hans gesagt, „das Theater ist schon vormittags um elf. Wir müssen also den Zug um neun Uhr sechs nehmen. Willst du so früh aufstehen?"

„Kein Problem", hat Ronja gelacht, „für euch und Momo mache ich das gerne!"

„Prima, dann treffen wir uns um neun Uhr am Bahnhof und fahren zusammen in die Stadt. Mittags gehen wir dann in eine Pizzeria und nachmittags noch ein bisschen einkaufen. Wie findest du das Programm?"

„Echt toll! Um Punkt neun bin ich am Bahnhof. Superpünktlich."

„Superpünktlich." Ja, das hat Ronja gesagt. Und jetzt das! Sie hat den Wecker nicht gehört und zu lange geschlafen. Was jetzt?

„Dong, dong, dong!", ihr Handy. Sie sieht auf das Display: Onkel Hans. Oje! Jetzt gibt es ein Problem.

„Ronja, wo bist du?", fragt ihr Onkel.

„Am Bahnhof", sagt Ronja leise, „Entschuldigung … der Wecker … nur zwei Minuten …"

---

das Marionettentheater: dort spielen Puppen Theater

der Wecker: eine Uhr zum pünktlich Aufstehen

„Schon am Bahnhof? Prima! Dann weißt du es ja schon: Der Zug hat Verspätung, er fährt heute 20 Minuten später. Wir kommen sofort. Wir kaufen nur noch kurz etwas in der Bäckerei. Bis gleich, Ronja, das wird ein toller Tag!"

## Und jetzt du!

1. **Schreib die Nachricht weiter.**

   Abends schreibt Ronja eine Nachricht
   an ihre Freundin Carla:

   Hallo, Carla, heute ist wirklich viel passiert. ...

2. **Schreibt das Gespräch weiter.**

   Du kommst 30 Minuten zu spät zur Schule. Deine Lehrerin fragt: „Was ist passiert?" Jetzt brauchst du eine gute Entschuldigung:

   Also, ...

3. **Recherche: Das gibt's wirklich!**
   **Sucht Informationen und berichtet.**

   Augsburg • Die Augsburger Puppenkiste • Momo

Verspätung haben: später kommen

09 ))) 1. Was ist richtig? Lies oder hör die Geschichte und kreuze an.

a Ronja fährt mit dem Fahrrad zum Bahnhof. ○
b Ronja denkt am Gleis: Der Zug ist schon gefahren. ○
c Olga und Hans wollen Ronja heute besuchen. ○
d Ronja kennt das Buch „Momo". ○
e Das Theater ist am Nachmittag. ○
f Ronja möchte nicht früh aufstehen. ○
g Nach dem Theater wollen die drei essen gehen. ○
h Ronjas Problem am Morgen: Sie hat keinen Wecker. ○
i Hans sagt am Telefon: Der Zug ist nicht pünktlich. ○

2. Ronjas Morgen. Was macht sie zwischen 8 Uhr 30 und
9 Uhr 30? Ergänze die Verben in der richtigen Form.

sitzen • ankommen • schlafen • fahren •
aufstehen • rennen • kaufen • anrufen

a Um halb neun ist Ronja im Bett. Sie _____ noch.
b Um Viertel vor neun _____ sie endlich _____ .
c Dann _____ sie schnell zum Bahnhof.
d Um 9 Uhr 8 _____ sie am Bahnhof _____ .
e Traurig _____ sie auf einer Bank.
f In diesem Moment _____ ihr Onkel Hans _____ .
g Er und Tante Olga _____ noch kurz etwas
beim Bäcker.
h Um halb zehn _____ sie zusammen nach
Augsburg.

der Drei-Meter-Turm

der Salto

der Applaus /
klatschen

die Bank

das Schwimmbecken

Da! Sie sieht wieder zu ihm!

Sehr hübsch, findet Marvin. Wer ist denn das?

„Sag mal, Simon, das Mädchen auf der Bank am
Schwimmbecken, das Mädchen mit dem blauen Bikini …
Kennst du sie?", fragt Marvin.

„Nö", antwortet Simon, „aber ich glaube, sie ist aus der 9a.
Warum?"

„Ach, nichts, nur so."

Marvin sagt lieber nichts mehr. Mit Simon kann man
nicht über Mädchen quatschen. Er hat nur seine blöde
Theatergruppe im Kopf, „Die Artisten". Voll uncool!
Außerdem liest er die ganze Zeit. Auch hier im Berner
Schwimmbad, bei 30 Grad. Das nervt!

Ich muss etwas tun, denkt Marvin. Ich bin hier mit diesem
Langweiler aus meiner Klasse und dort sitzt das tolle
Mädchen ganz alleine. Das geht ja gar nicht.

---

| | | | |
|---|---|---|---|
| nö: nein | quatschen: sprechen | der Langweiler: langweiliger Junge | das geht ja gar nicht: das finde ich nicht gut |

Marvin hat schon eine Idee. Sein Plan ist ziemlich genial. Nein, er geht nicht direkt zu ihr: Hi, alles klar? Was machst du so hier?

Das ist ja total doof! Nein, der Plan geht so: Marvin läuft zuerst zum Schwimmbecken, steigt auf den Drei-Meter-Turm und macht einen tollen Salto, direkt vor ihren Augen. Dann kommt er langsam aus dem Wasser und …

> ■ Hey, das war echt klasse!
> ▲ Tja, ich trainiere auch jeden Tag.
> ■ Wow. Sag mal, bist du nicht in der 9c?

So macht man das. Dann setzt er sich neben sie auf die Bank. Sie quatschen ein bisschen, dann gehen sie ein Eis essen, machen ein Date fürs Kino am Wochenende und so weiter … Ein super Plan, findet Marvin.

Da! Sie schaut wieder zu ihm. Na also, jetzt aber los!
„Simon, ich gehe nochmal ins Wasser. Es ist so warm. Bleibst du hier?"
„Ja, ich gehe aber bald. Ich treffe meine Gruppe um sechs am Bärengraben. Wir proben heute im Park."
„Alles klar", sagt Marvin und denkt: Das passt ja perfekt! Langsam läuft er um das Becken und steigt auf den Turm. Ein Meter, zwei Meter, drei Meter. Oben ist niemand. Nur Marvin. Unten stehen viele Leute. Alle warten auf seinen Salto.
Nein, er schaut jetzt nicht zu ihr. Aber sie sieht ihn. Ganz sicher. Also los: Eins, zwei, drei und … Action!

---

genial: sehr intelligent
steigen: klettern
direkt: genau
ganz: 100%

Marvin fliegt eine Sekunde, dann kommt der Salto. Cool, eine perfekte Show! Yes!

Er schwimmt unter Wasser bis direkt vor ihre Bank.

Er hört den Applaus. Ja, einige Leute klatschen wirklich! Na, wie war ich?, will er schon fragen.

Aber – die Bank ist leer. Er klettert aus dem Becken. Wo ist sie?

Er geht zu den Duschen, er sucht sie am Kiosk und beim Tischtennis. Aber sie ist weg, einfach weg!

Langsam geht er zurück an seinen Platz, zu Simon.

Aber Moment mal, das kann doch nicht wahr sein! Simon sitzt immer noch da und neben ihm …

„Hey, Marvin, das ist Luna. Sie hat von den ‚Artisten' gehört und möchte mitmachen. Ist das nicht toll?"

„Ja, ich habe echt große Lust", lächelt Luna und sieht zu Marvin. „Und wer bist du? Dich habe ich hier noch nie gesehen."

## Und jetzt du!

 **1. Schreibt das Gespräch weiter.**

- ■ Und wer bist du? Dich habe ich hier noch nie gesehen.
- ▲ Also, ich heiße Marvin und …

 Oder so: Marvins Traum

- ■ Hey, dein Salto war echt klasse!
- ▲ Tja, ich trainiere auch jeden Tag. …

 **2. Recherche: Das gibt's wirklich!**
**Sucht Informationen und berichtet.**

Bern • Bärengraben • Salto

---

der Applaus /
klatschen: → S. 42

leer: ↔ voll

weg: nicht mehr da

10 ))) 1. **Was ist richtig? Lies oder hör die Geschichte und kreuze an.**

a  Luna ist in der Klasse von Simon.                      ○
b  Marvin und Simon sind Schulfreunde.                    ○
c  Marvin will Luna kennenlernen.                         ○
d  Marvin ist mit seinem Salto nicht zufrieden.           ○
e  Die Leute finden Marvins Salto super.                  ○
f  Marvin spricht mit Luna auf der Bank.                  ○
g  Marvin kann Luna zuerst nicht finden.                  ○
h  Luna kennt Marvin schon.                               ○

2. **Was passt? Ergänze.**

a  Simon und Marvin wohnen _____ Bern.        ins – an – in
b  Simon liest gerne _____ Schwimmbad.        in – ins – im
c  Das Mädchen sitzt _____ Schwimm-           im – am – ans
   becken.
d  Marvin geht jetzt _____ Wasser.            im – ins – in
e  Luna geht _____ Simon.                     nach – zu – bei
f  Simon probt mit der Gruppe _____ Park.     im – nach – ins

3. **Marvins Plan. Ergänze die Verben in der richtigen Form.**
   **Tipp: Alle Verben stehen im Text.**

sehen • essen • schwimmen • quatschen • klettern •
machen • klatschen • haben

a  Marvin _____ auf den Turm.
b  Dann _____ er einen Salto.
c  Luna _____ Marvins Salto und _____
   Applaus.
d  Er _____ unter Wasser zu ihr und _____
   mit ihr.
e  Sie _____ zusammen ein Eis und sie _____
   viel Spaß.

## Unser Quiz: 10 Geschichten, 10 Dinge

Aus welcher Geschichte ist das? / Wem gehört das?
Ergänze die Nummer der Geschichte, das Wort mit Artikel
und den Namen der Person. Die Lösung findest du auf
Seite 36.

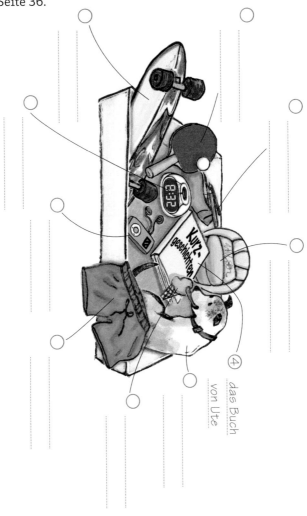

④ das Buch
von Ute

## Geschichte 1
1. a 5, b 7, c 1, d 6, e 2, f 4, g 3
2. a will, b kann, c muss, d kann, e will, f wollen, g kann
3. a mitmachen, b verstehen, c anschauen, d beginnen, einladen; *trennbar:* a, c, e; *nicht trennbar:* b, d

## Geschichte 2
1. b, d, e, g
2. a alt, b klein, c pünktlich, d gut, e schnell, f hübsch, g wunderbar, h fröhlich
3. a sprechen, lächeln; b spielen, bellen; c glotzen, schwimmen
4. a 2, b 4, c 3, d 1

## Geschichte 3
1. a, b, e, h
2. *Musterlösung:* der Unterricht, das Gymnasium, die Direktorin, die Hausaufgaben, die Biologie, der Kunstlehrer, der Streber, der Klassensprecher …

## Geschichte 4
1. a 1, b 2, c 2, d 1, e 1, f 2
2. a in, b auf, c an (vor), d vor, e über, f um
3. a 4, b 5, c 6, d 3, e 1, f 2

## Geschichte 5
1. a 6, b 2, c 8, d 7
2. Lies ein Buch! Koch Spaghetti! Mach die Hausaufgaben! Schreib E-Mails! Üb Klavier! Räum dein Zimmer auf!
3. a 4 der, b 6 das, c 5 der, d 3 die, e 2 der, f 1 der

## Geschichte 6
1. 1 a, 2 f, 3 c, 4 e, 5 b, 6 h, 7 g, 8 d
2. B L A U M A C H E R I N
3. a üben, b trinken, c einladen, d frühstücken, e anrufen, f Hilfe, g Plan, h Arbeit

## Geschichte 7
1. 1 c, 2 b, 3 b, 4 a, 5 c
2. a 6, b 3, c 8, d 7, e 1, f 4, g 5, h 2

## Geschichte 8
1. 1 a, 2 g, 3 i, 4 e, 5 f, 6 d, 7 h, 8 c, 9 b, 10 j
2. 1 hat geholt, 2 hat gefrühstückt, 3 ist gefahren, 4 hat geduscht, hat gegessen, 5 hat gesprochen, 6 ist gegangen, 7 hat gesehen, 8 hat getroffen, 9 ist gekommen, 10 hat gedacht
3. a das Wochenende, b die Bäckerei, c das Flugticket, d die Sommerferien, e das Shopping-Center, f der Sportplatz, g der Spaziergang, h die Haltestelle, i das Krankenhaus, j die Fußgängerzone, k die Pantomimin, l der Flohmarkt

## Geschichte 9
1. b, d, g, i
2. a schläft, b steht … auf, c rennt, d kommt … an, e sitzt, f ruft … an, g kaufen, h fahren

## Geschichte 10
1. b, c, e, g
2. a in, b im, c am, d ins, e zu, f im
3. a klettert, b macht, c sieht, klatscht, d schwimmt, quatscht, e essen, haben